AF596430

PRIERE A DIEV POVR LA PROSPERITÉ DV ROY EN SON VOYAGE de Normandie:

Et l'heureux ſuccez de l'aſſemblée des Notables.

DEDIÉ AV ROY,

Par le Sieur de NERVEZE.

A PARIS,
Chez ABRAHAM SAVGRAIN, ruë S. Iacques, au deſſus de S. Benoiſt.

M. DC. XVII.

Auec Permiſſion.

AV ROY.

SIRE,

Voicy vne ſaillie de mon zele pluſtoſt que de ma Muſe : Toutes les fois que voſtre Majeſté s'eſt eſloignee de ſon Paris, ie me ſuis approché de l'Eternel pour luy demander la proſperité & conſeruation de voſtre perſonne, & d'autant plus inſtamment & deuotement qu'elle eſt chere & precieuſe à ceſte Monarchie. Ie ne me ſuis pas contenté, SIRE, de conceuoir en mon ame ces vœux & ces prieres : Mais encore ay-ie desiré les exprimer sur le papier afin que recueillies par le public, elles puissent passer des yeux au cœur des particuliers pour conuier & porter vn chacun à ce mesme mouuement, puis que l'exemple est vn esguillon qui esueille & presse dauantage le deuoir, lequel en ceste occasion m'est si sainct & si iuste que ie puis dire (sans que nulle ostentation aye part à ma parole) que les iours & les nuits ne surprennēt iamais mes yeux pour les ouurir à la lumiere & les fermer aux tenebres, que ie n'ouure le cœur & les levres à ceste priere, que l'habitude (depuis vostre aduenement à la Couronne) a tellement liee & incorporee à mes petites deuotions ordinaires, qu'elle passe dans l'ordre de celles de mon salut: si que le Ciel ne m'entend iamais souspirer pour l'interest de mon ame, que celuy de vostre personne, n'y adiouste quelques souspirs pour vostre prosperité, en quoy ie pense prier pour le Prince, pour l'Estat, & pour ma patrie, puis que du premier depend le bien & le repos des autres: aussi estes vo⁹, SIRE, l'ame viuifiante de l'Estat, par laquelle il vit & respire, & sans laquelle il sembleroit rester vn corps inanimé & sans vie, bien que la succession hereditaire de nos Rois le garantisse de ce peril, mais pour éuiter celuy des changemens, il eſt beſoin & neceſſaire que vous viuiez & regniez. Ceite neceſſité, SIRE, me faict hauſſer le cœur à Dieu, pour luy offrir mes vœux & mes prieres, que ie preſente à voitre Majeſté en ce petit ouurage auec autãt d'amour & de deuotion enuers l'vn que de zele & d'humilité enuers l'autre: I'y meſle la ſupplication que ie fais à ſa bonté diuine en faueur de ceſte venerable aſſemblee, que voſtre Majeſté a conuoquee, affin d'attirer ſur elle les benedictions qui peuuent faire reuſſir ſes deſſeins & ſes trauaux à la gloire de l'Eternel, à la voſtre, *Sire*, au bien & ſoulagement de voſtre peuple, & generalement à l'honneur &

aduantage de ceste Monarchie, tant en ce qui regarde le spirituel que le temporel, pour faire rendre à nos Autels, aux loix & à la iustice, le respect & l'obeyssance qui leur est deuë, & qu'ainsi la France soit restablie en tous ses droicts de grandeurs & preeminences anciénes sous la lumiere de vostre regne que ie supplie le tout-puissant,

SIRE,

De combler de toute sorte de graces & prosperitez selon les vœux & la clameur publique & particulierement de

Vostre tres-humble tres obeissant & tres-fidel subiect & seruiteur,

NERVEZE.

PRIERE A DIEV POVR LA PROSPERITE' DV ROY EN SON VOYAGE de Normandie.

Et l'heureux succez de l'assemblée des Notables.

STANCES.

GRAND *Dieu qui dans tes mains tiens le sceptre des Rois!*
Qui conduis leur puissance & proteges les loix,
Que ton esprit diuin sainctement leur inspire,
Iette tes doux regards sur les iours de Louys
Et fais les tellement briller dans son Empire
Que les yeux des mortels en soiēt tous esblouys.

Il marche sous ta garde & regarde tes yeux
Cōme l'heureux fanal qui le guide en tous lieux;
Tu l'as aßis bien ieune au trosne de ses Peres,
Et semble que ta main en vueille faire vn Roy
Si grand & glorieux qu'en ses iours si prosperes
Il face redouter sa puissance & ta Loy.

Ta prouidence ô Dieu, preside en ses conseils,
Tu portes son courage à des coups nompareils;
Et soubs ses foibles ans tu caches vne force
Qui descouure la tienne & fait clairemēt voir
Comme la royauté soubs ceste tendre escorce
Est entiere en ses droits & libre en son pouuoir.

Ce sōt des droits, Seigneur, qui procedēt des tiēs,
Ainsi tu fais les Roys, ainsi tu les maintiens,
Leur ieunesse ne peut alterer leur puissance:
Car le tiltre Royal qu'ils tiennent de ta main
Bien qu'il semble estre acquis au droit de leur naissance
Est vn effet diuin caché dans l'ordre humain.

Or comme le Soleil empruntant sa clarté
Des rayons eternels de ta diuinité
Nous la donne en faisant sa course coustumiere:
De mesme nostre Roy ce Soleil plein d'esclat
Emprunte ses rayons de ta sainćte lumiere
Pour esclairer son peuple & luyre a son Estat.

Le Soleil

Le Soleil, ô mon Dieu, qui donne ses saisons
Selon le cours qu'il fait en ses douze maisons,
Est cõtraint de courir l'vn & l'autre hemisphere
Pour donner sa lumiere à l'vn & l'autre bout:
Mais celuy de la France a cela qu'il peut faire
Que sans bouger de place il peut luyre par tout.

Aussi la Royauté n'est pas vn Astre errant,
Qu'il faille que le Roy par tout aille courant
Pour faire voir sa face aux yeux de ses prouinces:
C'est vn Astre fixé dessus le firmament
De ton diuin pouuoir qui fait luyre les Princes,
Et leur donne icy bas l'ordre & le mouuement.

Nostre Roy toutesfois sur qui ta grace luit
Et dont le char Royal par ta dextre est conduit,
S'esloigne de son trosne & va monstrer sa face
Aux peuples qui n'ont veu ses attraits glorieux:
Mais cõme ils le verront qu'aussi ton amour face
Qu'il soit incessamment regardé de tes yeux.

Il s'esloigne d'icy pour des ouurages saints
Dont le bien de son peuple anime ses dessains,
Et pour lesquels, mon Dieu, la France est aßãblee
Qui nous fait esperer que son cœur estant ioinct
A celuy de son Prince elle sera comblee
Des biens & des honneurs que receura ton oinct.

Non qu'il soit plus ialoux du biẽ & de l'hõneur
Qu'il espere de toy, que du tien, ô Seigneur,
Qui luy semble plus cher que n'est son diadesme,
Comme nous l'honorons il te rend ce deuoir
Et recognoit autant ta puissance supreme,
Qu'il veut que ses subiets respectent son pouuoir.

Desia se fait-il craindre auec ses chastimans
Que la tendre ieunesse & foiblesse des ans,
Sẽbleroit dementir: mais cõme vn autre Auguste
Estant pour vn long regne heureusement esleu
pour luy faire acquerir la qualité de Iuste
Tu luy donnès le cœur d'vn Monarque absolu.

Ce n'est pas qu'il ne sçache imiter la douceur
De nostre Henry le grand dont il est successeur:
Mais son aage & l'estat arrestent sa clemence,
Parce que la iustice asseure auec les loix
L'authoritè royale, & par elle commence
L'honneur & le respect que nous deuõs aux Rois.

De la iustîce vient la terreur des meschans,
L'amour des gens de bien, la libertè des champs,
Et le tout, ô Seigneur, se refere à ta gloire
Comme plein de bontè tu te demonstres doux
Comme plein de iustice il nous faut aussi croire
Quand nous auõs du mal qu'il viẽt de tõ courroux.

Combien de fois, Seigneur, cest Estat chastié
A senty ta colere, & tousiours ta pitié
T'a fait tõber des mains si prõptemant les armes
Qu'on voit que cõtre toy, toy mesmes nous deffans
Et semble en punissant que tu verses des larmes
Comme un pere qui pleure en frappant ses enfans.

Que si nous cognoissons le bien que tu nous faits
Nous recognoissons mal l'excez de tes bien-faits,
Dont ta grace, ô Seigneur, rẽd la France enrichie:
Mais ce n'est pas à nous (si ie ne me deçois)
A qui tu fais ce bien, c'est à la Monarchie
Pour l'amour de la France & non pas des Frãçois.

Nous sommes trop pecheurs pour meriter ce biẽ,
Nous sommes trop ingrats & cognoissons cõbien
Pour ne perdre l'Estat ta bonté nous tollere,
Que si tu mesurois le chastimant au mal
Il faudroit, ô Seigneur, que ta iuste colere
En frappant un chacun perdist le general.

Mais tu n'as point encor dãs ton parquet diuin
De l'Empire François determiné la fin,
Tu n'en veux pas (Seigneur) prononcer la sentẽce
Ains desires plustost surseoir tes iugemans
Aymant mieux attirer nos cœurs à repentence
Qu'attirer sur l'Estat tes iustes chastimans.

Ce florissant Empire est celuy que tu tiens
Le premier & l'aisné des Empires Chrestiens
Tant pour sa pieté que sa longue duree,
Tant de siecles, Seigneur, l'ont mené iusqu'à nous
Que nous cognoissons bien comme chose asseuree
Que tu l'aymes assez pour en estre ialoux.

Tu nous vois sur le point de sortir des erreurs
Qui souloient allumer nos ciuiles fureurs.
L'Estat se veut remettre en sa splandeur antique,
Mais pour y trauailler soubs ton authorité
Il faut ton assistence, & qu'il mette en pratique
Ce que luy dictera l'esprit de verité.

Mets-y donques la main comme seul medecin
Qui peus à nos malheurs mettre vne heureuse fin;
Ceste cure, Mon Dieu, n'est pas de l'art des hõmes,
Nous cognoissons le mal & sçauons les raisons
Qui le peuuent guerir, mais foibles que nous sõmes
Nous n'executons pas ce que nous proposons.

Conduis ceste assamblee & guide son dessein
Des feux de ton esprit eschauffe-luy le sein,
Et fais que les abus que la France supporte
Soient par vn ordre sainct tellemant reformez,
Qu'à iamais la vertu trouue ouuerte la porte
Et les hommes de bien en soient plus estimez,

Le temps n'a point du tout effacé la palleur
Qui restoit à la France en ce dernier malheur
Qui desoloit son peuple & ruynoit ses villes,
Et si d'vn prompt secours tu n'eusses aduancé
Ce qui donna la fin à nos guerres ciuiles,
Nous allions voir l'Estat à iamais renuersé.

Non il n'en pouuoit plus si ton secours diuin
N'eut arresté l'effet de ce mortel venin
Qui luy gaignoit desia le cœur & les entrailles.
Tes merueilles, Seigneur, en cela font iuger
Que tu peus sans donner ny combats, ny batailles
Deliurer les Estats proches de leur danger.

Que ce soit donc la fin des ciuilles rumeurs
Qui t'ont fait si souuant entendre noz clameurs,
Et que ce coup heureux de ta misericorde
Faisant voir ton courroux entierement estaint
Vnisse les François auec tant de concorde,
Qu'ils en rēdēt l'Estat & plus fort & plus craint.

Ainsi purgeāt les maux qui nous ont aueuglez
Et par qui les François estoient si desreglez
Cest Estat trouuera la fin de sa souffrance,
Et dans ce bien public ces maux enseuelys
Tu verras, ô mon Dieu, que desormais la France
Fera fleurir ton nom aussi bien que ses lys.

Nostre Prince, ô Seigneur, que tu nous a donné
Et que comme ton Oinct & comme fils aisné
De ton Eglise saincte en adore les Temples,
R'establira chez nous l'antique pieté
Dont iadis ses Ayeuls ont laissé tant d'exemples
A l'honneur de leur nom & de la Royautè.

Il a tousiours fait voir combien il prend plaisir
A chanter ta loüange & comme son desir
Est que nous te rendions entiere obeissance
Il veult que l'on te craigne & se fait respecter
Non tant pour l'interest qui touche sa puissance
Comme pour le respect que l'on te doibt porter.

Ainsi pour bien regner il veult que ses subiets
Te rendent ces honneurs qui sont les vrais obiets
Dont les ames des Roys doiuent estre enflammees
C'est toy seul qui les fais triompher icy bas.
Car leur force mon Dieu n'est pas en leurs armees
Elle vient de ta main plustost que de leur bras.

C'est ta d'extre Seigneur qui les fait triompher
C'est elle qui conduit leur courage & leur fer
Elle seulle a pouuoir de donner les victoires
Non ils ne peuuent rien si tu n'es auec eux
La verité le dit & fait dire aux histoires
Que les Princes sans toy ne peuuent estre heureux.

Quelquefois ô mon Dieu tes iugemens diuers
Selon que tu conduis l'ordre de l'vniuers,
Font prosperer des Roys dont l'ame n'est pas bonne
Mais il faut croire aussi que ce biẽ que tu fais (rõne
N'est pas pour l'amour d'eux, mais biẽ de leur co-
Et que tu les attands pour punir leurs meffaits.

He, que leur sert apres ceste prosperité
Si tu punis Seigneur auec seuerité
L'orgueilleuse grandeur de leur Royale pompe
Ils sont Roys & sõt Dieux puis que tu les faits tels
Mais qu'ils sachent aussi que leur gloire les trõpe
Et qu'ils meurent en fin comme simples mortels.

Ou sõt tous ces grãds Roys dont la terre et la mer
Ont cogneu la puissance & qui souloient armer
Pour remplir l'vniuers du renom de leur gloire
Si ces honneurs mon Dieu ne se vont esleuant
Auec ceux de ton nom on en perd la memoire
Car les honneurs mondains passent cõme le vant.

Ceux qui sont engẽdrez de grãs Rois cõquerans
S'ils veulent qu'auec eux on les aille admirans
Et que leur gloire vole aux Prouinces estranges
Il faut par leurs vertus qu'ils acquierent ce rang
C'est la seule vertu qui donne les loüanges,
Et non pas la fortune encore moins le sang.

O mõ Dieu, que les Rois regnent heureusemen[t]
Par qui la vertu regne & qui fidellement
Font obseruer tes loix & les gardent eux mesme[s]
Leurs hõneurs ne sont point par le temps abbatus
Et la marque Royale emprainte au Diadesme
Se trouue encore mieux emprāite en leurs vertus.

Tel sera nostre Roy comme nous esperons;
Mais tel il est desia puis que nous prosperons
Par le bon-heur public de la paix qu'il nous dõne;
Mais comme il ne peut rien s'il ne t'a pour appu[y]
Que ta grace, mon Dieu, iamais ne l'abandonne
Puis que nostre repos ne depend que de luy.

Si desia ses voisins aux differands qu'ils ont
L'ont choisi pour Arbitre & s'il a sur le front
Les signes bien-heureux d'vn Roy plein de iustic[e]
Toutes sortes de biens enrichiront nos champs,
Et comme la vertu triomphera du vice,
Les bons pourront aussi triompher des meschans.

Lors tes graces, Seigneur, coulās de toutes part[s]
Nous verrons refleurir la science & les Arts
Dont on voit maintenant la puissance petite
Si bien que la vertu retournant à son prix
Contraindra la faueur de ceder au merite
Et le temps d'honnorer ceux qu'il tient à mespris.

Les

Les peuples ô mon Dieu seront tous resiouys
De voir tant de splandeur au regne de LOVYS
Qui t'a desia voüé le courage & l'espee
Contre ceux dont le cœur te va mescognoissant
Et par qui la pluspart de la terre occupee
Esleue sur nos maux l'Empire du Croissant.

Toy de qui les bontez te font ouurir les mains
Pour eslargir du Ciel tes thresors aux humains
Desparts-les à la France auec tant de largesse
Que tes perfections en leur esgalité
Nous facent à la fois admirer ta sagesse
Et loüer à iamais ta liberalité.

Preste l'œil à nos pleurs & l'oreille à nos cris;
La priere publique est celle que i'escris
D'vn zele qui m'anime & qui guide ma plume;
Et comme tes thresors en ces iours sont ouuers
Ie t'ouure aussi le cœur, & le feu qui l'allume
Me fait chanter ta gloire aussi tost que ces vers.

FIN.

PERMISSION.

IL est permis a Abraham Saugrain, faire imprimer, vendre & distribuer vn petit liuret intitulé, *Priere à Dieu pour la prosperite du Roy en son voyage de Normandie & l'heureux succez de l'assemblée des Notables, dedie au Roy par le Sr de Nerueze* Et deffences à tous autres à peine de confiscation, & soixante liures d'amende. Fait à Paris le vnziesme Decembre 1617.

Signé FERAND.

DE PARIS.

Le peuple ô mon Dieu [illegible]
Te cognoissant de plus [illegible] de LOVYS
Qui a ce zele [illegible]
Ce Roy [illegible]
Et par [illegible] de la Terre [illegible]
[illegible] l'Empire de l'vniuers.

Roy de qui les hauts faicts sont [illegible]
Dans [illegible] du Ciel [illegible]
Desparses les [illegible] de France [illegible]
[illegible] perfections [illegible]
[illegible]
Et [illegible] liberale.

Regle [illegible] nos pierres & [illegible]
La [illegible]
D'vn [illegible] & [illegible]
Et [illegible]
Par [illegible] & [illegible]
[illegible]

FIN.

PERMISSION.

IL est permis à Abraham Saugrain, [illegible] imprimer [illegible] [illegible]

[illegible]

[illegible]

www.ingramcontent.com/pod-product-compliance
Lightning Source LLC
LaVergne TN
LVHW052042160826
845678LV00003B/1487
* 9 7 8 2 3 2 9 6 3 4 6 2 3 *